MW01046127

Una voz para Jacinta y otros cuentos infantiles

Una voz para Jacinta y otros cuentos infantiles

Mónica Lavín

Ilustraciones de Daniela Violi

www.librerianorma.com | www.literaturainfantilnorma.com

Bogotá, Buenos Aires, Caracas, Guatemala,
Lima, México, Panamá, Quito, San José,
San Juan, Santiago de Chile.

Lavín, Mónica, 1955-
    Una voz para Jacinta / Mónica Lavín ; ilustradora Daniela
Violi. -- Bogotá : Carvajal Educación, 2013.
        64 p. ; 20 cm. -- (Colección torre de papel. Torre azul)
        ISBN 978-958-45-4134-5
        1. Cuentos infantiles mexicanos 2. Familia - Cuentos infantiles
3. Vida cotidiana - Cuentos infantiles I. Violi, Daniela, 1952-   , il.
II. Tít. III. Serie.
I863.6 cd 21 ed.
A1402797

            CEP-Banco de la República-Biblioteca Luis Ángel Arango

© 2013, Mónica Lavín
c/o Guillermo Schavelzon & Asoc., Agencia Literaria
info@schavelzon.com

© 2013, Carvajal Educación S. A. S.
Avenida El Dorado # 90-10, Bogotá, Colombia

Impreso en México – Printed in Mexico
Primera impresión México, julio de 2014

Ilustración de cubierta: Daniela Violi
Diagramación: Blanca Villalba P.

C.C. 29005590
ISBN: 978-958-45-4134-5

Contenido

A Emilia y María

Una nube en casa

—Levántate —escuché la voz de mamá, aunque no pude distinguir su rostro entre la nube de niebla. Primero llegó el sonido, luego la cara. Mamá apareció como un óvalo con un marco de pelo negro, luego sus ojos como dos motas oscuras y brillantes, y por fin su sonrisa reveló que era ella.

Me dio un beso y se marchó hacia la cama de mi hermano, alejando con un matamoscas aquella espesura blanca.

Yo duermo junto a la ventana y me gusta descorrer la cortina para mirar hacia el encinar afuera de casa. Vivimos en un lugar donde la niebla es común en el bosque. A veces lo cubre como si fuera humo y no se ve nada. Entonces, camino a la escuela, llevamos nuestras linternas para ver por dónde pisamos y evitar tropezarnos con los troncos caídos. Pero la niebla no entra a las casas.

—¿Qué paso? —le pregunté a mi madre sorprendido.

—Se metió cuando tu padre salió al aserradero.

—¿Quién? —alcanzó a preguntar mi hermano bostezando.

—La nube —dijo afanosa por quitarla de los tazones que sobre la mesa aguardaban nuestro apetito mañanero.

Me entretuve un rato metido en las cobijas y soplando los jirones de nube que se alejaban y volvían a depositarse sobre mi cara con fría humedad.

Mi hermano Francisco se puso una chamarra sobre el pijama y abrió la puerta para comprobar si era cierto aquello de la nube metida en casa. Otro poco de la masa blanca se apretujó en las habitaciones y mamá lo reprendió pues su lucha contra el vapor denso que nublaba la vista era en vano. Su voz quedó sofocada por la nube y a Francisco y a mí nos pareció muy gracioso que los gritos se suavizaran.

Nos vestimos despacio, intentando sacar de las mangas de la camisa y las piernas de los pantalones la nube intrusa que los ocupaba. Casi estábamos seguros de que la luz de las linternas no sería suficiente para alumbrar el camino a la escuela y que no tendría caso ir si la nube impediría ver el pizarrón y a la maestra Lorena.

—¿Tú crees que la nube haya llegado hasta abajo? —le pregunté a mi hermano mayor, seguro de que tenía la respuesta correcta.

—Está solo aquí en el cerro —dijo con la autoridad que las salidas con nuestro papá al monte, a marcar los pinos, le habían dado.

Mamá nos sirvió la avena sobre el pedazo de nube que se había depositado en cada plato. Nos sentamos a tientas y tomamos la cuchara también a tientas. Era muy divertido este juego de sentir y no ver. Yo me embarraba la boca con la masa dulce y Francisco soplaba entre la nube para verme la cara y soltar la carcajada.

De pronto oímos el grito de mamá.

Tratamos de correr hacia su recámara, pero chocamos entre nosotros y nos volvió a ganar la risa. De la recámara venían sollozos. Paramos de reír de golpe.

Ignacia no estaba.

Buscamos arrodillados sobre el piso por si se hubiera caído de la cuna de madera labrada, esa que había sido de todos. Ignacia apenas tenía cuatro meses y a mi hermano y a mí también nos preocupó.

Agitamos las manos y una revista de mi papá para que aquel manto brumoso nos dejara de estorbar. Mamá, agotada, se sentó en la mecedora. Francisco abrió la puerta como si el bosque escondido en la nube desplomada le pudiera dar alguna respuesta. Entonces me llamó: le pareció ver algo entre los árboles que estaban frente a la casa donde empezaba la vereda.

—No te preocupes, mamá —le grité desde la puerta.

Había descubierto a Ignacia que flotaba sobre un pedazo de nube, casi inmóvil, pues el viento estaba quieto. Nos acercamos despacio como si fuera un pajarito al que no hay que espantar. Estaba más arriba de lo que mi hermano podía alcanzar parándose de puntas y estirando las manos. Yo buscaba algo con que alcanzarla y bajarla sin que se lastimara, pero en eso la nube se empezó a deslizar por la vereda con mi hermana sobre ella, como si fuera un pez plateado sobre una ola. El sol brillaba sobre su mameluco amarillo y nos permitía distinguirla. Ignacia flotaba

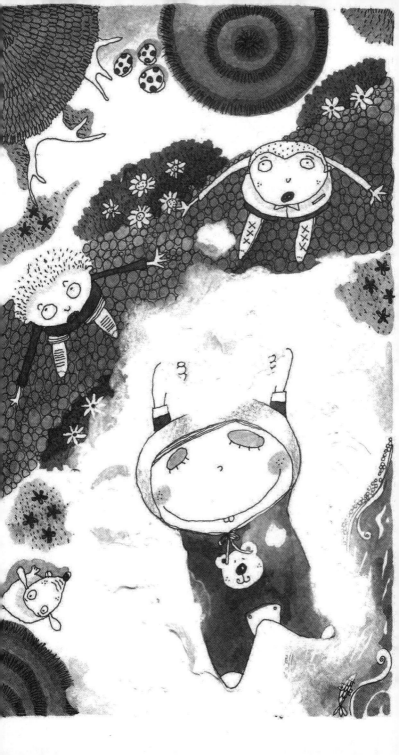

y Francisco y yo íbamos tras ella desesperados.

—No la pierdas de vista —me indicó mi hermano.

Lo que más temía es que se fuera hasta el cielo como un globo o que se pegara con un árbol.

—¿Y si esto no está pasando? —pregunté con la esperanza de que fuera un sueño. Después de todo así eran los sueños: lechosos, nublados.

Francisco no me contestó. Corría hacia una piedra intentando ganarle el paso a la nube para atajar a la pequeña. Pero el aire se quedó quieto y escuchamos el llanto de Ignacia que parecía extrañar el arrullo de la nube galopante.

Francisco dijo:

—Voy a trepar por el pino que está delante de Ignacia, porque, con el calor el aire se irá hacia arriba.

Francisco parecía repetir una lección de la escuela.

—Pero si el aire se calienta y la nube se deshace, mi hermana se va a caer.

Francisco me miró sorprendido. Pensé que había dicho una tontería.

—También puede ser —contestó y como no quería admitir que eso era lo más probable, y por si las dudas, me mandó a pararme debajo de Ignacia, mientras él trepaba por el tronco. Ya que estuvo bien subido en una rama, se quitó la chamarra y se amarró con ella al árbol, pues necesitaba las dos manos para atajar a Ignacia.

Yo tendría que esperarla con los brazos abiertos o tirarme al suelo y que me cayera encima. Mientras, hice una cama con la hojarasca y quité las piedras que andaban por allí, por si no lograba sostenerla. Hacía calor y mi hermana lloraba.

—Aquí estoy, nena —le dije, y entonces, como si estuviera en su propia cuna, se dio una voltereta y quedó boca abajo sobre el colchón de nubes.

Le dio risa verme, una alegría que pocas veces mostraba desde su cuna donde tanto dormía. Se veía hermosa entre el vapor. Le empecé a hacer caras para que se riera y para entretenerme mientras el sol seguía calentando poco a poco.

Ignacia debió sentir algún movimiento porque hizo un gesto de susto, como cuando papá la aventaba hacia el techo y luego la atrapaba.

Seguramente se acordó de él. Yo también. Quería que nos ayudara en ese momento.

La nube se hacía más ligera con el calor, Ignacia sentía los tirones.

—¡Alístate! —me dijo Francisco.

Cuando su cara empezaba a verse más claramente y pude distinguir el osito que decoraba su mameluco, una nueva ráfaga comenzó a moverla hacia adelante. Descendía y avanzaba, como por una escalera. Francisco estiró sus brazos para alcanzarla cuando pasó a su lado, pero estaba demasiado alta. Yo corrí bajo ella, hablándole, siguiéndola.

—No llores, Ignacia. Aquí estoy, mírame.

Veía su cara asustada y los pinos que su cuerpo asombrosamente esquivaba. Lo que no vi fue el pedregón y me tropecé, tampoco vi la sangre que me corría por la espinilla porque me levanté como chiflido y busqué el cuerpecito amarillo. Alarmado, reconocí el sitio donde estábamos: muy cerca de la barranca donde bajábamos para nadar en el río y a Francisco que venía detrás de mí. Tenía que salvarla.

Fue un segundo: Ignacia miró mi gesto desesperado y empezó a reír, justo donde comenzaba el declive. Yo estiré la mano y le dije "ven". Ignacia movió sus bracitos como si nadara entre la nube para alcanzarme. Pude atrapar una mano y darle un tirón. Caímos los dos al suelo y empezamos a rodar abrazados. La envolví con mis brazos para no aplastarla contra la tierra. Un pino detuvo mi espalda.

—Ay —alcancé a decir.

Ignacia se puso a hacer gorgoritos. Parecía una princesa. Sí, la princesa de las nubes, la más hermosa. Cuando nos alcanzó, Francisco me preguntó si estaba bien y cargó a Ignacia. Me dolía el cuerpo y me ardía la raspada de la piedra, pero me sentía bien mientras regresábamos por la vereda los tres.

Ahora, cuando jugamos y yo soy el caballo que ella trepa, recuerdo el día en que pudo haberse ido para siempre en el lomo de una nube.

También, por peligroso que haya sido, extraño esa sensación de espesura blanca en que nos movíamos a tientas Francisco, Ignacia y yo.

Una voz para Jacinta

Jacinta despertó como todas las mañanas, estirando los brazos, acurrucándose entre las sábanas calientes por el sueño de toda la noche. Llamó a su madre, avisándole que ya estaba despierta, para sentir su olor y su mano suave acariciarle la cara y escuchar su voz dándole los buenos días.

Solo que esta vez abrió la boca en inmensa mueca sin que saliera sonido alguno. Se preocupó e intentó de nuevo, pero el "mamá" de siempre se le quedó silencioso en el contorno de los labios. ¿Qué pasaba? ¿Dónde estaba su voz?

Se esforzó por lanzar un berrido, un grito de auxilio, pero las palabras se le hicieron remolino en la campanilla —esa que papá le había dicho que servía para no ahogarse— y se quedó cansada y triste sobre la almohada. ¿Cómo pediría a mamá su desayuno? ¿Y cómo platicaría con sus amigas o pelearía con Tomás que siempre le robaba las gomas de borrar y los lápices de colores?

Aturdida por la gravedad de su problema apenas escuchó el murmullo que provenía del juguetero. Miró sorprendida hacia las repisas donde todas las muñecas y los animales de peluche esperaban pacientemente a que Jacinta deseara jugar con ellos.

—Sí, soy yo —recalcó la voz—, Pimpinelo.

Jacinta buscó entre las florecitas y olanes de los vestidos de sus muñecas la figura distinguida de ese muñeco que le regalaron cuando cumplió seis años. Pimpinelo se arregló la corbata de moño rojo que lucía sobre una impecable pechera blanca y se alisó las solapas del frac de franela gris.

—Sé que estás preocupada, Jacinta. Amaneciste sin voz. Yo ya conozco esa historia, imagínate que anduve sin palabras en la boca mucho tiempo. Pero ahora que hablo y canto, disfruto el sonido de mi garganta, el ronroneo de la "r" en mi paladar, el silbido de la "s" en mi lengua. Sí, te estarás preguntando cómo es que no me escuchabas antes, pero solo me escuchan los que no tienen voz: tus muñecas, las flores, las estrellas. Pero basta de mis historias que lo que importa es conseguirte una voz lo antes posible, ¿o no?

Jacinta asintió con la cabeza y los ojos asustados. Le agradecía a Pimpinelo el interés por ayudarla.

—Yo te llevaré al sitio donde se consiguen las voces, es un mercado y tendrás que darle algo a cambio al dueño del puesto.

Jacinta levantó su manita desde la cama señalando la esclava de oro con su nombre grabado.

—Acércate pequeña que desde allí no podemos arreglar nada.

Jacinta saltó de la cama y se acercó a los pies del juguetero para mostrarle de nuevo su pulsera a Pimpinelo.

—Muy bien —contestó satisfecho—, pero eso no basta. Desde hace tiempo todas estas muñecas me miran suplicantes, envidiando mi voz. Desean poder hablar como tú, como yo. No imaginan que una vez que tengan voz no se escucharán entre ellas. Pero todo el mundo quiere una voz, así es que debes conseguir voces para ellas.

Jacinta movió la cabeza con desesperación, estaba de acuerdo en todo. Le urgía poder decir que sí y preguntar tantas cosas.

—Tómame de la mano y contaré hasta tres.

Jacinta extendió su mano hasta atrapar la de Pimpinelo, delgada y fría y cerrando los ojos con fuerza escuchó la vocecilla contar: uno, dos, tres…

Cuando abrió los ojos se encontró corriendo detrás del muñeco por entre puestos llenos de plátanos, pepinos, montones de papas, ajos colgantes, canastos, cazuelas de barro. Pimpinelo le hacía señas con la mano, indicándole el camino.

De pronto, dio vuelta por un callejón tan delgado que tuvo que dejar de correr y deslizarse de espaldas, cuidando de no rasparse la nariz con la pared de enfrente. Aquel pasillo terminaba en una tapia cerrada y lo único que sintió Jacinta al estirar los brazos tanteando a su alrededor —pues no había espacio suficiente para girar— fue un hueco en la pared a un costado. Se introdujo en aquel hueco incierto, hasta que la voz de Pimpinelo le confirmó que habían llegado al lugar correcto.

—Date la vuelta, Jacinta.

Dentro de la oscuridad de aquel cuarto se topó con un hombre de extraño turbante sentado detrás de una enorme mesa alumbrada apenas por una vela morada. Pimpinelo estaba cómodamente instalado en un taburete y sorbiendo algún brebaje.

—Elige tu voz —indicó a Jacinta mientras apuntaba a un sinnúmero de frascos sobre la mesa.

Ella miró sorprendida: los había transparentes, verdes, rojos, bajitos, largos, redondos, con tapa de metal, de corcho, de colores, negra. Le recordaron a los que mamá guardaba vacíos debajo del fregadero. Se apresuró a destapar alguno.

El viejecillo agitó una varita con la que detuvo el impulso de Jacinta.

— Ah, sí —aclaró Pimpinelo—, debes darle tu esclava.

Jacinta estiró el brazo para que aquellas manos arrugadas de uñas largas y curvas se la quitaran. Miró con tristeza como el hombre la tiraba a un cestito.

—Ahora sí, elige, que de las voces de las muñecas ya me he encargado yo —dijo Pimpinelo, acomodándose orgulloso la corbata.

Jacinta abrió nerviosa un enorme frasco de tapa de cuadros rojos y blancos. Se parecía al de la mermelada de frambuesa que le gustaba. ¿Acaso guardaba una voz de mermelada, dulce y frutal? En cuanto despegó la tapa, una voz profunda de mujer, parecida a la de la tía Eulalia, comenzó a cantar en forma disonante. La tapó deprisa, esa no podía ser para ella.

Después eligió una botella verde y larga que tras zafar el corcho despedía una voz aguda y temblorosa. La cerró asustada.

Eligió luego un frasco intermedio, esférico y azul, por cuya tapa salió una voz serena y seria como la de su padre. Miró a Pimpinelo con cierta desesperación, aún faltaban tantos frascos.

Entonces un frasco pequeño, con figuras de abejas repujadas en el vidrio y una tapa dorada la atrajo. Lo abrió y su voz, la misma que había tenido siempre, salió de allí. Sonrió aliviada como si hubiera encontrado un juguete perdido.

—Esta es —dijo emocionada al mercader y al hablar notó cómo la voz del frasquito ya estaba en ella—. Gracias —replicó casi gritando, feliz de estrenar el sonido de las palabras.

Pimpinelo le dio la mano y le hizo cerrar los ojos, los dos juntos contaron hasta tres.

El regreso a la recámara fue un tanto abrupto. Lo primero que escuchó Jacinta fue la voz que venía de su muñeca Pecos.

—Tengo hambre.

En seguida repeló Catalina.

—Yo quisiera comer chocolates, tú nunca nos das Jacinta.

—Quiero ir al baño —intervino Juanita.

—Me aprieta este leotardo —se atrevió la Barbie.

Jacinta sacaba ropita de un armario, corría por un dulce al cajón de sus tesoros. No sabía a cuál atender primero.

—A mí no me gusta este vestido que siempre me pones, parezco una niña boba.

—Yo quisiera recostarme en una camita, estoy tan cansada de estar de pie.

Jacinta las miró angustiada, las voces se mezclaban, se volvían gritos. Estaba agotada. Pimpinelo había dicho que solo podrían oírlas los que no tuvieran voz. Era mentira.

—Basta —gritó y se tiró al piso a llorar.

Cuando mamá entró la encontró tendida bajo la ventana al pie del muñequero.

—Jacinta, te has quedado dormida. Date prisa que nos espera el dentista.

La niña, confundida, miró a los muñecos. Aquel chorrero de voces se había vuelto un silencioso coro de caritas alegres.

Miró su brazo y descubrió que allí estaba la pulsera con su nombre. Respiró aliviada.

—Ya puedo hablar, mamá —le dijo orgullosa.

—Pero qué dices, Jacinta, desde los dos años has podido hablar.

De la mano de su madre salió del cuarto, no sin antes lanzar una mirada severa a Pimpinelo. Muy compuesto con su traje de moño, desde la repisa, Pimpinelo le guiñó un ojo antes de que Jacinta cerrara la puerta.

Un susto pequeño

Los pollitos echaron a correr como todos los días cuando los pasos menudos de Rosario los distraían de su constante picoteo. Paseaban su cuerpo de esponja amarilla bajo el sol que daba en el patio, agachaban de pronto la cabeza y con el pico atrapaban un grano de maíz morado o blanco.

El perico lucía su plumaje verde, pronunciando con la habitual indiferencia las frases que Rosario y sus hermanos le habían repetido cada día del verano pasado. A lo lejos, Pepe y Juan trepaban por las ramas de un pirul, uno persiguiendo al otro, a punto de venirse al suelo en cualquier instante.

Rosario, preocupada, caminaba con sus manitas metidas en los bolsillos de la bata.

—Juega, niña —le gritó su madre mirándola por la ventana de la cocina que daba al mismo patio de los pollos y el pirul.

"Todos están tranquilos a pesar de la noticia", pensó Rosario, convencida de que ella debía sentirse como los pollos, como el perico, como sus hermanos.

Sacó la jaula vieja de debajo del lavadero y la fue a colocar en la banca de la piedra que rodeaba al tamarindo. La visita de una familia inglesa hacía algunas semanas, la había impresionado. Mamá invitó a la señora y a su hija para darles la bienvenida entre limonadas bajo la sombra.

—Vienen a Los Mochis también a trabajar en el ingenio —le había dicho su madre.

Desde aquella tarde, las trenzas rubias y el sombrerito de la señorita Collins se plasmaron en todos los dibujos de Rosario. La jaula estaba ahora habitada por muchas señoritas Collins de papel vestidas de playa o de fiesta o con el uniforme del colegio. Con palabras mal pronunciadas simulaba su manera de hablar. La sombra del tamarindo protegería la residencia de las Collins.

Dejando caer la puertecilla de barrotes de la jaula, Rosario pensó que dentro de unos días ya no jugaría más en el patio. Tampoco iría a la escuela con su amiga Lucía, ni tendría que elegir cuál agujero de la tabla en el cuartito al fondo del terral era el más adecuado para ir al baño, ni haría como que jugaba al tenis en la cancha abandonada y llena de hierbas, mucho menos metería los pies al canal para refrescarse.

De la recámara trajo su cuaderno y sus lápices de colores. Dibujó rápidamente un radio y lo puso dentro de la jaula, acomodándolo dentro de una consola de papel. Fingiendo una voz nasal repitió la noticia que había estado escuchando: "Faltan tres días para que llegue el fin del mundo". Las señoritas Collins no hicieron comentario alguno, todas se desplomaron contra los bordes de la jaula olvidando cuidar el mobiliario y detenerse los sombreritos de papel.

Desde la cocina, su madre la llamó: la comida estaba lista. Ella se sentó a la mesa sin recomponer el atuendo de las Collins.

—Come, chiquilla —le dijo su padre.

Martín y Federico se reían:

—Estás tan blanca como tus señoritas inglesas.

En ese instante se escuchó de nuevo por el radio: "Pronto estará con nosotros, dentro de tres días podremos presenciar el fin del mundo".

A Rosario se le cayó el bolillo de las manos. Apenada, pero sin querer mostrar su perturbación, tomó la cuchara de la sopa y, pasados unos minutos, alzó la vista sigilosamente. Había que admirarlos, había que ser como ellos. Su padre comentaba lo buenas que estaban las alubias, su madre sonreía halagada y ni hablar de Pepe y Juan que, arrebatándose el pan, salpicaban todo de migas. Rosario no tuvo más apetito y pidió permiso para ir a hacer su tarea.

Las dos mañanas siguientes, anteriores al fin del mundo, Rosario no hizo más que mirar los pollos, contemplar un rato a su madre que canturreaba y comentar con las Collins, bajo el tamarindo, que estaba asustada, pero que no debía estarlo.

El último día —esa mañana lo habían anunciado de nuevo: "Hoy podremos presenciar el fin del mundo"— les dijo a las Collins que se sentía molesta e irritada por estar al borde de las lágrimas; casi le tenía rabia a la tranquilidad de los pollos

y a la voz pomposa que daba la noticia en el viejo radio.

Rosario se despidió de ellas, prometió no llorar, y sin saber a qué hora ocurriría el desastre, acudió a la mesa como de costumbre, para el almuerzo. Solo que esa vez no pudo más, las lágrimas le corrían por la cara. Su padre la miró asombrado:

—Pero Rosario, ¿por qué tan triste si hoy vamos a cine? Hoy estrenan película *El fin del mundo*.

Rosario se echó a llorar sin reparo.

—Sí —dijo entusiasmada.

Antes de salir con su padre, pasó a despedirse de las Collins, que parecían sonreír coquetas bajo sus sombreros.

El cumpleaños de Fabián

Fabián no entendía por qué su mamá no lo dejaba jugar en la cocina con Julio. Siempre hacían la carretera debajo de la mesa mientras Eulalia preparaba la comida o lavaba los platos. Pero la mamá de Fabián no acostumbraba meterse a la cocina. Y ahora que decoraba el pastel para su cumpleaños había pisado uno de los cochecitos.

—¡Mamá! —protestó Fabián.

—Niños, váyanse al patio a jugar. ¿Cómo quieres que me quede bien tu pastel, Fabiancito?

Esa tarde habría fiesta.

Fabián no recordaba que su cumpleaños pasado causara tanto alboroto.

"Como cumples siete años", le había explicado su mamá, "vendrán tus primos de Veracruz y tus abuelos, y todo tu salón. Te traerán muchos regalos".

Lo de los regalos le había parecido muy bien a Fabián, y mientras él y Julio hacían la carretera en el patio, se lo presumió al hijo de la cocinera.

—Me van a traer muchos regalos.

Julio abrió los ojos muy grandes.

—¿Cochecitos nuevos?

—Sí, seguro. Y yo te doy estos para ti.

Julio siempre recibía los juguetes que Fabián desechaba y le daba enorme gusto.

—¿Me darás el camión rojo?

Fabián se quedó mirando a su repartidor de refrescos. Le gustaba mucho. Además la caja y la cabina se movían como los verdaderos camiones cuando daban la vuelta o maniobraban para entrar a un estacionamiento.

—Si me dan uno mejor, sí —dijo Fabián después de pensarlo.

A la hora de la comida, Eulalia les sirvió la sopa de fideos y las milanesas con prisa, rezongando porque se tardaban mucho y estaban risa y risa, cuando ella tenía que preparar cincuenta medias noches.

Al acabar, la mamá de Fabián le pidió que se bañara pues no tardarían en llegar las visitas. Pero Fabián y Julio tenían otros planes: ya habían visto la piñata en forma de payaso que esperaba en el garaje.

Fabián dijo que iba a recoger sus juguetes y con Julio se deslizó al garaje. Julio encontró la ranura detrás de la cabeza del payaso, miró a todos lados antes de meter la mano y sacarla rebosante de caramelos.

—Así, si nos ganan los dulces, ya tenemos.

Los guardó en las bolsas del pantalón y Fabián hizo lo mismo. Su mano era más grande y se atoró en la ranura cuando intentó sacarla. Escucharon ruido de la cocina y Julio le dio un jalón apurado. Fabián metió la mano raspada a la bolsa y descargó el botín. Pasó la lengua por la mano para ocultar el raspón. Era una buena idea, además las bolsitas con dulces que había visto preparar a mamá, también con cara de payaso, eran para los invitados y no para ellos.

Volvió a escuchar que lo llamaban y se alejó corriendo.

Su madre le acomodó el pelo con un poco de gel y le abrochó los botones del

puño de la camisa azul cielo. Cuando lo puso frente al espejo para que se mirara, Fabián sintió que era grande y que llevaba una camisa como la de su papá.

Al rato escucharon el timbre y mamá sobresaltada lo apresuró para que bajara a recibir a los invitados. Fabián observó un dulce al lado de su zapato. Antes de que mamá lo viera lo ocultó, pisándolo.

Los primeros en llegar fueron sus abuelos que le dieron un beso, siete jalones de orejas y una gran caja con un balón de fútbol. Luego llegaron sus primos de Veracruz, que trajeron libros para colorear y un barco de madera para la repisa de su cuarto. No fue hasta que llegaron sus compañeros de la primaria que los regalos lo entusiasmaron: monstruos que caminaban, pistolas con luz, una espada que echaba rayos y coches: un taxi, un Volkswagen, una grúa y... ¡un camión con doble caja! Se lo tenía que mostrar a Julio.

Fue entonces que se dio cuenta de que Julio no estaba en la fiesta. Se asomó a la cocina y lo vio en la mesa del comedor haciendo la tarea en un cuaderno.

—Vente —lo llamó.

—Está haciendo su tarea —le dijo Eulalia muy seca.

Sus amiguitos lo buscaban, su madre lo llamaba para romper la piñata y, animado, Fabián los siguió al patio. Cantaron el "dale, dale, dale" y cuando por fin su prima Mariana, que era la más grande, rompió la piñata con cara de payaso, Fabián pudo atrapar unos dulces. Se metió un puñado en la bolsa y pensó de nuevo en Julio. ¿Cómo se le ocurría a Eulalia ponerlo a hacer la tarea?

A la hora del pastel, cuando su madre emergió de la cocina con aquel betún blanco adornado con la nariz roja del payaso y los pelos verdes y revueltos, Fabián estaba seguro de que Julio vendría a ver cómo apagaba las velas.

Se atrevió a preguntarle a su mamá por Julio.

—Hijito, tienes muchos invitados.

Corrió a la cocina muy enojado y le dijo a Julio que si no venía a partir el pastel no le iba a regalar uno solo de sus coches viejos, mucho menos el camión de refrescos. Pero Eulalia abrazaba a Julio y Fabián no entendía nada.

Cantaron *Las mañanitas* y repartieron las rebanadas después de que Fabián apagara las velitas de mala gana. Aprovechó un momento en que todos comían y jugaban desperdigados para ir por los otros cochecitos y el camión de doble caja que le acababan de regalar. Entró a la cocina y allí estaba Julio comiendo una rebanada de pastel mientras Eulalia recogía los platos de la mesa. Sin decir nada, Fabián se metió debajo de la mesa y armó la carretera.

—Ven —llamó a Julio.

Entonces le mostró el camión que le acababan de regalar.

Julio abrió los ojos enormes. Lo puso en el piso y vio cómo se deslizaba como una oruga de tres partes.

La voz de la madre de Fabián llegaba hasta allí.

—Ya se van tus amiguitos, ven a despedirte.

Se quedaron quietos un rato, la madre de Fabián no entró a la cocina y él no se movió.

—¿Cuál prefieres? ¿El rojo o el nuevo? —le preguntó mostrándole los dos.

Julio tendió la mano hacia el nuevo y deslumbrante remolque.

Los colocaron en la carretera y se dispusieron a jugar. Fabián pensó que nada se comparaba a divertirse con su mejor amigo. Sobre todo hoy que era su cumpleaños.

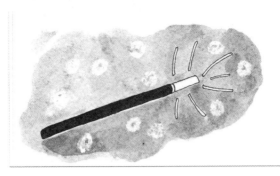

La tienda de magia

La leche no me gustaba. Mamá dijo que cuando probara la que madrina me iba a dar pensaría otra cosa. Era diciembre y habíamos volado en avión a Nueva York. Al frío, a la nieve que yo nunca había visto. Yo iba con mamá que, además de hablarme de la leche, me había hablado de mis primos y de los juguetes que vendían en las tiendas. Me compraría uno. Uno especial porque era muy valiente al ir con ella tantas horas en el avión, lejos de mi abuelo y mis primos. "Tendrás otros primos", me dijo, "pero hablan inglés".

Mi madrina hablaba español, por eso era amiga de mi mamá. Se habían conocido en la escuela, pero la vida de Carmen, que es como se llamaba, la había llevado a esa ciudad del norte y se había casado con un americano. "No le digas gringo", me advirtió mamá. "Hacen muy mal en llamarles así a los que viven en Estados Unidos".

A mí me sonaba bonito. Y además conocía una canción sobre un ratón vaquero gringo. ¿Qué tenía de malo?

Mamá me despertó cuando el taxi llegó a casa de madrina. Me puso un gorro y una bufanda. "Hará frío", me previno cuando refunfuñé.

Unas escaleritas nos llevaron a la puerta de una casa, hasta donde mamá cargó con dificultad nuestra maleta. Miré alrededor. Había un parque enfrente y la banqueta era ancha y con árboles. Busqué en el cielo azul aquellos edificios de los que mamá me había hablado y enseñado en fotos antes de salir.

—¿Esto es Nueva York, mamá?

—Estamos en las afueras. Ya iremos al centro.

Madrina era grandota y hablaba fuerte. Su abrazo me envolvió como un edredón. Olía a chocolate y era morena. "Es cubana", me explicó mamá cuando le pregunté por qué hablaba el español como si tragara aire caliente.

Enseguida nos presentó a Mike y Tina, y les pidió que llamaran tía a mi mamá y explicó que yo era su primo mexicano. Se miraron entre sí y se rieron. Yo me sentí incómodo. Dormiría con Mike, dijo madrina, en la litera de arriba.

Me pusieron en la de abajo:

—¿Qué tal si se cae? Nunca ha dormido en literas, a veces se despierta en la noche —mintió mamá.

Yo hubiera querido subir las escaleras y quedarme allí todo el día, porque Mike puso cara de pocos amigos y sacó un cuaderno de colorear y se hundió completo entre las hojas.

De pronto extrañé a Golden, su calorcito cuando lo abrazaba, sus lamidas en mis manos y mi cara.

Cuando madrina nos mostró el cajón para mi ropa, la habitación de mamá y el baño que compartiríamos, dijo que en cuanto estuviéramos listos bajáramos a merendar pues al día siguiente saldríamos de paseo. Aunque hacía frío, había dejado de nevar y había que aprovechar. Los chicos lo celebraron. Madrina explicó que llevaban varios días encerrados.

Mike bajó cuando su mamá lo llamó con insistencia. Tina se sentó y me sacó la lengua cuando madrina y mamá no veían. Nos pusieron un plato con carne y ejotes y un elote dulce que me pareció horrible. Pero mamá se lo comió con gusto dijo que qué diferentes eran, y a los niños que qué guapos y altos, y les preguntó en qué curso estaban. Mike dijo que en segundo, Tina en primero, como yo. Mamá les preguntaba en español y ellos contestaban en inglés. Pregunté si tenían perro y madrina dijo que no podía cuidar de un perro y a esos dos monstruos. Entonces les hablé de Golden, y lo hice en español con algunas palabras en inglés. Despacito.

Cuando madrina me sirvió tarta de manzana y el vaso de leche, Mike y Tina parecían más amables. Que si quería más tarta, que su mamá la hacía deliciosa y solo en ocasiones especiales. Querían ver una foto de Golden y Mike me dijo que se lo describiera: peludo, grande, perro de caza, dorado, como su nombre.

Las mamás estaban tan a gusto platicando que no se habían dado cuenta de que no había tocado la leche.

—¿Qué pasa? —preguntó madrina.

Mis primos miraron a su madre y luego a mí, como en un juego de tenis.

—Mis hijos siempre se la acaban.

Miré a mamá para que me defendiera, pero no hizo nada. Al contrario.

—Vas a ver qué rica es aquí.

En medio del silencio, alcé el vaso con el líquido blanco y me lo llevé a la boca. El olor no me gustó.

—No quiero —dije, y devolví el vaso a la mesa.

—Pruébala —dijo firme madrina—, así se podrán ir a jugar.

No tuve más remedio que acercar el vaso, poner los labios en la orilla y dejar que el brebaje blanco resbalara. Solo un poquito, la rabia a punto de hacerme llorar. Me sabía igual que la de México. A leche. Di dos tragos largos sin pensar, como cuando aprendí a nadar y me tiraron a la alberca con el maestro que iba al lado mío. Entonces mamá dijo que estaba bien, muy bien, y explicó a madrina que en casa no la bebía nunca.

Dormí profundo. Al día siguiente me explicaron que me tuvieron que llevar a la cama porque me quedé dormido en el sillón. Salí con mis primos al parque de enfrente enfundado en chamarra y con unos guantes que Mike me prestó porque yo no tenía. Nos subimos a la resbaladilla y a los columpios, anduvimos por el pasamanos y luego cruzamos la calle de regreso solos. Cuando entramos, madrina y mamá tenían la casa arreglada y todo listo para irnos a la ciudad en tren.

Entonces vi aquellas calles llenas de rascacielos donde apenas entraba el sol y el aire hacía corrientes heladas, donde los coches tocaban cláxones y los taxis eran amarillos y grandes. Subimos a un edificio muy alto, en el que el estómago se sumía por la velocidad del ascensor, y cuando nos asomamos por la terraza protegida con una malla, la ciudad se veía pequeñita. Pusimos una moneda en un telescopio y vimos un parque que tenía un zoológico, como explicó madrina, y otros edificios altos que terminaban en curvas o picos. Parecía un mundo de juguete. Eso dije y a Tina se le ocurrió que fuéramos a una tienda.

—Por favor, mamá —insistió que ella quería ir al departamento de magia.

Mike le hizo coro y las mamás dejaron sus planes y nos llevaron a una tienda enorme, con escaleras eléctricas que nunca acababan, hasta que llegamos a un piso donde Tina echó a correr mientas madrina la llamaba y Mike la alcanzaba. Yo no sabía qué hacer.

Tras el mostrador, el mago, con sus solapas brillantes, sacaba canicas de las orejas de Tina y monedas de las mangas de su saco. Batía en el aire una varita negra de punta blanca y soplaba el pañuelo donde había puesto la moneda que había desaparecido. Los tres nos quedamos mudos mientras el hombre nos daba un espectáculo para nosotros solos.

Tina quería que su mamá le comprara la caja de las canicas, Mike los naipes, yo la varita. No entendía por qué querían los pañuelos o las monedas si la varita era la de la magia.

—La varita sola no funciona —dijo Tina mientras se iba detrás del mostrador y el mago le explicaba algo con aquellas canicas que se ponían en una copita de plástico.

Mike también pasó detrás del mostrador para aprender qué hacer con el juego de las monedas que su mamá le había comprado.

—¿Tú qué quieres, Arturo? —preguntó madrina.

Yo escogí la varita, aunque los primos se rieron. No tuve que pasar detrás del mostrador.

El mago la puso en una bolsa de franela y dijo que tendría que volver para que

me explicara cómo funcionaba para hacer magia con los otros juegos. El camino de regreso se me hizo corto mientras mis primos jugaban con sus canicas y monedas y practicaban con madrina y mamá. Yo llevé la varita bien apretada a mi cuerpo, como un tesoro. La usaría esa noche cuando me sirvieran la leche.

Los primos dejaron de reírse cuando me puse a llorar. Había movido la varita frente al vaso de leche para que se convirtiera en jugo de naranja, cualquier cosa menos ese líquido blanco. Inventé unas palabras y cerré los ojos seguro de que al abrirlos el blanco sería anaranjado. Pero no pasó.

—Te dije que no funcionaba sola —me consoló Tina. Y cuando su madre salió de la cocina, de dos tragos se acabó la leche.

Mike me vio tan triste con mi varita inútil que me regaló un dibujo de Golden que había hecho según mis descripciones. Le faltaba la mirada dulce de mi perro, pero no se lo dije. Me fui a la cama temprano; cuando mamá me fue a tapar no vio la varita escondida bajo la almohada.

Algo me despertó durante la noche, un sonido suavecito, como el de la lluvia cuando está lejos o los pasos de Golden cuando entra a mi cuarto. Llamé a Mike, que no contestó. Me levanté de la cama y busqué la varita. El sonido seguía, rítmico y suave. Me pegué a la puerta y moví la varita para que el ruido se fuera, pero no lo hizo. Volví a agitarla antes de correr la cortina y luego miré por la ventana. Unas briznas blancas nublaban el paisaje. La luz de los faroles me dejó distinguir una lluvia lechosa. Los columpios en el parque acumularon el blanco en los asientos, el pasto se llenaba de blanco también. Era la nieve, la nieve de los cuentos. Nunca antes la había visto. Abracé mi varita y comprendí que había funcionado. La leche se había convertido en nieve. Y así, cayendo como pelusa, rayando la noche, llenando el parque como una crema blanca, se veía hermosa y apetecible.

Por la mañana, cuando todos vieron con asombro la nieve que cubría la calle, le dije a Tina que no tendría que beberse la leche por mí. La varita sí funcionaba.

Hermana Mayor

Hermana Mayor dice que jugaremos a la carreta, como si atravesáramos grandes praderas. Siempre vemos un programa de vaqueros y de ahí sacó la idea.

Tomamos una sábana del clóset donde mamá las guarda y tratamos de disimular el desarreglo. Hermana Mayor me dice que le ayude a extenderla sobre la mesa del cuarto de televisión. Dejamos que caiga hasta el piso. Ella acomoda la tela de manera que quede una ranura para que entremos.

—Trae cojines y almohadas del cuarto —me dice.

Hermana Mayor me espera bajo la mesa para amueblar la carreta que nos protege del sol y de los indios.

Me deja allí dentro mientras corre por algo. Estar en la carreta un tanto a oscuras hace que escuche mi respiración. No me gusta, parece que hubiera algo más. Pero no tarda, vuelve con unas espadas de plástico rosa que mamá compró en el mercado y la cajita con el juego de té.

—No tenemos sombreros —protesto, porque he visto las mujeres de vestidos largos en esos programas de televisión. Llevan uno siempre atado a la cabeza con un pañuelo.

Hermana Mayor se desespera y me dice que vaya yo, y prefiero. Salgo a gatas y vuelvo con unos sombreros blancos con una flor azul y una rosa que nos dieron en una fiesta. Nada más entrar me pongo el de la rosa.

—Es el mío —dice Hermana Mayor.

Yo le doy el de la flor azul. Ella lo toma molesta. Sé que no está conforme pero quiere empezar a jugar. Se lo pone y hace a un lado la cortina para que tomemos las riendas de los caballos y empecemos a galopar. La imito. Digo *usha, eah, oooh*, como ella.

Hermana Mayor siempre decide los juegos y por eso no nos aburrimos. Cuando se le ocurre iluminar cuadernos, lo hacemos; si es jugar a la comidita, salimos al patio por plantas para el menú; cuando vienen primas o amigas jugamos a las escondidillas, a la escuela, a la tiendita. Tú haces esto, yo hago esto. Hermana Mayor tiene muchas ideas.

—Solo hay un conductor de caballos —me dice—. Haz la comida, se está metiendo el sol.

No hemos encendido la lámpara y el cuarto donde jugamos se está oscureciendo. Hermana Mayor siempre sabe hacer esas cosas, usar lo que hay por ahí y meterlo al juego. Papá dice que escribirá teatro. De mí dice que seré un payaso del circo porque me río muy fácil, porque hago caras y muecas e imito al tío Jaime cuando se retuerce los bigotes y a la tía Emma cuando recita en Navidad.

Voy al fondo de la carreta y saco los platos y tazas de la caja del té. A veces moldeamos comida con la plastilina y comemos pollo o papas o milanesas. Carne no, porque no me gusta. Hermana Mayor sabe que no me gusta, por eso cuando no quiero hacer algo de lo que ella propone —"Dile a la vecina que nos regale galletas" o "pregúntale a esa niña cómo se llama"— amenaza con acusarme:

—Le voy a decir a mamá que pegas los trozos de carne masticada bajo la mesa.

Me pongo roja de vergüenza y de coraje.

—Tonta. Tú también lo haces.

—Solo cuando está dura —se defiende. Pero luego, con una sonrisa, me dice que no lo hará nunca. Que ese es nuestro secreto.

Hermana Mayor a veces me despierta por la noche.

—¿Sentiste que la cama se movía?

Yo salgo del sueño porque escucho su voz y en ese momento noto el meneo del que ella habla. Entonces siento miedo. Me paso a su cama. Dormimos abrazadas. Ella me aprieta muy duro.

—Yo creo que un hada nos lleva a dar un paseo por el cielo —dice con voz más tranquila.

Yo hundo la cara en su pijama, que es igual al mío, no quiero pasear por el cielo y menos caerme de la cama.

Nuestras camas gemelas, con colchas de lunares, están muy juntas, pero la mesilla de noche las divide. Dos vasos de agua idénticos nos esperan en cada lado. Yo no bebo durante el sueño, Hermana Mayor sí, por eso le dan ganas de ir al baño. Entonces me lleva con ella, dice que es para no dejarme sola en el cuarto. Yo miro la cama para ver si las patas están sobre el piso y me empiezo a inquietar de que comience el paseo del hada. La acompaño a regañadientes, con los ojos medio cerrados. Pasamos sin hacer ruido por el cuarto de papá y mamá, que tienen la puerta entornada. Me siento en el bote de la ropa sucia. Cuando Hermana Mayor jala el escusado, volvemos.

Acabamos la merienda después de recoger el tiradero, que es como mamá llama a lo que queda de nuestros juegos, y Hermana Mayor me dice que irá a la fiesta de Periquita el sábado. Que habrá mago. Que su amiga no para de presumir en clase que el mismo Mago Azar hará suertes en el patio de su casa lleno de sillas pequeñas. Me alegro porque cuando ella tiene fiesta, yo tengo fiesta. Sé que nos pondremos el vestido escocés con cuello blanco, ella con el suéter rojo y yo con el azul, y que mamá dividirá el cabello en dos para hacernos coletas muy alisadas con goma. Y que llevaremos un regalo.

Pero Hermana Mayor protesta el día de la fiesta, que por qué siempre tiene que llevar a su hermana a todos lados, que la invitación solo tenía su nombre. Lo dice así, de golpe, mientras mamá pasa el peine por su cabeza y ella se molesta porque le jala el pelo. Yo espero mi turno sentada en la orilla de la tina. Mi corazón se aprieta. Miro a mamá que dice algo largo de las hermanas y que ella es mayor y va al colegio hace más tiempo y tiene amigas. Mi corazón se aprieta aún más. Pienso en el Mago Azar sacando una paloma de un pañuelo. La paloma quiere salir corriendo de sus manos.

—¿Y con el mismo vestido? —protesta Hermana Mayor.

Yo miro los cuadros rojos con rayas verdes y azules de ese vestido muy bien planchado que a mamá le gusta mucho, y a mí también, y que usaré un buen rato, porque cuando a Hermana Mayor ya no le quede será mío el suyo, como ha sucedido con otros. Paso un dedo por una de las rayas siguiendo el vuelo de la falda.

Hermana Mayor se saca la liga de la coleta y alborota el peinado que tanto trabajo le ha costado a mamá. Yo la miro asombrada. Veo a mamá por el espejo, porque no sé cómo va a resolver la situación.

Imagino que me quedaré en casa con los cuadernos de iluminar. Que me quedaré sola. Mamá no dice nada, retoma el peinado de Hermana Mayor y lo trenza acomodándolo hacia atrás, sin raya.

—Ponte el vestido que quieras —le dice, y Hermana Mayor sale del baño radiante.

Mamá dice que es mi turno y me coloca frente al espejo. Intenta alegrarme con los moños azules que pone a las coletas, que qué bien me quedan, que estoy guapísima. No quiero llorar. Mamá dice que la acompañaré a hacer muchas cosas. Que ella y yo nos vamos de compras. Pienso que me quedaré sin mago, sin piñata, sin pastel cuando Hermana Mayor entra con el vestido amarillo de playa y una bolsita con cadena que usamos para jugar a las mamás.

Entonces me mira y me extiende la bolsita gemela.

—Para que guardemos los dulces de la piñata —me dice.

Y yo sonrío.

Una voz para Jacinta y otros cuentos infantiles
se terminó de imprimir en el mes de julio de 2014
en los talleres de Imprimex
Antiguo Camino a Culhuacán No. 87
Col. Santa Isabel Ind., Del. Iztapalapa
C.P. 09820, México, D.F.